亀さんゐない

池田はるみ　歌集

短歌研究社

亀さんゐない　目次

装幀　花山周子

亀さんゐない

ＩＴこはい

流線型ヘルメット頭《づ》に乗せてくる自転車部隊のやうなこどもたち

補助輪のある自転車をこぎながら男三歳　窓下ゆけり

子どもたちはおもしろさうにむかひをり風のおもたいふゆの朝《あした》に

リフォームのため仮住まひ

「重要」と書いた書類が来てたはず、さう言はれても十年前の

なにかかう踏み外すやうなおそろしさ「重要」と書かれた紙をにぎりつ

お客様番号・お客様ＩＤ・覚えられない文字が私だ

いまわれは何をしてゐるのだらう電話・パソコン・テレビのなにを

聞き返せばややこしくなるばかりなり　むかうも疲れわたしも疲れ

契約の　さうか料金セットなり分からないことは答へられない

ＩＴでつかふ言語が分からない分かつてゐるひと　ああ手をあげて

ＩＴをこんなにいつぱい使ふのにこんなにはぐれた気分になつた

くすのきのほんのりあかい枝先にきらきらとした風がとほりぬ

ぢい様はむつつりむつつり出でて来る不機嫌でなくそのやうな顔に

握手してやはらかい手と言はれたりなにか不穏な六十六歳《ろくじふろく》が

腹をわつて話をきけば底をわるかなしみとならむ　腹をわるなし

ゆつくりと暖簾をわけてわかものに「小母《をば》さん」などと呼ばれたかつた

キッチン

ゆりの樹は一夜ふかれて立つてをり葉のなき枝にふゆのあをぞら

さむいなあ、わたしの窓から見てをりぬつぎつぎとゆく人の歩幅を

帰つてきて一週間がすぎたのにとてもぢやないが片づかない部屋

ふゆの雨ぽつりと落ちてきたのかなこどもと傘がころげ出てきた

わたくしにすこし大きくあたらしきキッチンに立ちもの思ふなり

厨《くりや》には笊が陣取りまろまろとナスやトマトをかかへてをりき

ふゆの夜の台所《だいどこ》に立ち淹れてゐたミルク紅茶は外国《とつくに》の香

テーブルにひかりの波がいつぱいだ金柑たまたまころころこぼす

たまたまは宮崎県の特産品

足あとがつくほど降つて　足跡を消すほど降つて　まだ雪止まぬ

あらあたし歯をみがくのを忘れてた午前八時のゆきに見とれて

「芝浜」を聞きて過ごせる寒の日やよき女房は風邪を引かずも

窓外がふはりふはりとくらくなり徐々に浮かびてひとがた見え来

眠りつつ老いてゆくとは思はぬが今日もひらたくわれは眠りぬ

惚 と

ひよどりがのみこまむとして惚とせりジャムパンはああそんなに美味か

人間の住まひにあればくるだらう「鳥に餌をやらないでください」

すずめ跳ねひよはしづかに待つてをり仏さまから下げくるご飯

ベランダを掃き清めたりこれからはすずめもひよも来ぬ場所として

陽にむきて都こんぶを嚙みをればすつぱいままのさびしさが来る

銚子電鉄

夏草の猛々しかる間《あひ》をゆく銚子電鉄十駅ばかり

電車さまが通るといふか木も草も揺れて鉄路をひらいてゆくぞ

「これはもうトトロの森ね」たれか言ひ　この景観がみなさう見えた

わがつかふヤマサ醬油の工場を見出したれば旧友のごとし

海底《うなぞこ》の宮より来たといふ老女ほんたうかともたれも言ひ得ず

押す力

相撲部屋に一升瓶を提げてゆき正座して見る朝稽古なり

「コウスケ、顎」声がかかれば顎を引く　顎を引いてぞ押してゆくなる

コウスケは阿《あ》炎《び》

コウスケは誰のことかと見てをれば締め込み白き美《は》しき男《を》ならむ

さうだつた引いたらあかん　我もまたしつかり言葉押しゆくが良し

押す力はからだのどこから湧くのだらう車体のやうな蒸気があがる

目のまへの髷ふとぶとと豊真将こゑに励ましぶつからせたり

引退する豊真将なり土俵際手刀切ればうつくしかりき

おそろしき仕事とおもふ相撲なりがつと寄られて土俵を割つて

辛口の澄みたる酒は秋の夜のほろとこぼるる風の森だよ

コウスケよわが酔ひしかも「すぐ引くな引きたくなければぐと前へでろ」

青い老人

ゆふぐれに足をひらいて立つてゐる七歳《ななつ》と五歳《いつつ》　私の孫よ

何のはづみか腹をよぢつて笑ひ出す子どもたちなり　世はお正月

わらひたるそのおほもとはもう忘れ次のわらひがまたわらひ呼ぶ

まだ青い老人われはつもりたるおち葉のうへをしづかにあゆむ

お互ひに寂しかれどもぽつつりとひとりのときをああ楽と思ふ

さてヨウ子ばあばは何を見せるやらひとりイギリスに孫を連れ行く

外国はいやとほとんど死んでゐたわれをおもへば魂消《たまげ》るばかり

昔われ「びつくりこん」というてゐた「びつくりぽん」と微妙に違ふ

蘭奢待

大むかし唐なる国のあるころか伝はりて来し蘭奢待《らんじやたい》なり

香木は蘭奢待とぞしづしづとわが前に置き見せくれしあり

皺々《しわしわ》の端《はし》くれがちひさなる桐の箱にぞをさまりてゐる

「らんじやたい」つぶやきながら名香に触《さは》りたくなるこの指あやふ

褐色の爪先みたいな木片が妖しきまでに膨れて見えて

名香に触れてはならぬと知つてゐるしびるるやうな情《こころ》か湧けり

ああといふこゑをころせば指二本のびて蘭奢待つまみ上げたり

これやこの焚かねば聞けぬ蘭奢待この木片はいまだ焚かれず

人が来てあわてて仕舞ふ香木に絡みつきたりわがまなざしは

咲く梅は朝の香りが佳かりしよ　西方の国たふとかりけり

亀さんゐない　（平成二十八年夏）

亀さんの手押し車に会ふことが喜びだつたとこのごろ気づく

亀さんと手押し車で一対のちひさな亀さん隠れて見えず

亀さんは大くすのきの下が好き　ゆつくりゆつくり来たりしものを

くすのきの下に来たれどこのところ亀さんゐないありんこばかり

忙しいありんこ見ればいそがしいわたしと思ふ　さうでないのに

亀さんはさびしくないよというてゐた　くすのきの影ふかぶか差して

亀さんの手押し車が来なくなりまた夏が来たくすのきのそら

揺るる葉とわたしの手のひら　ひらひらと同《おんな》じやうにうごいてしまふ

くすのきの一葉《ひとは》がくつとかがやけば　さうだわたしも亀さんになる

忙しいありんこいよよ忙しいくすのきのした　風が通るよ

甲羅干すカメのあつまるくぢら池　柵にもたれてわれは見てをり

地下鉄は地上に出でてそのからだ放たるるやうに河をわたりぬ

真昼間のエントランスに人をらず大きな花瓶の白百合ひらく

辛口の日本酒一合そへてある深き情ある深川めしに

野放図に反故が重なりバランスすわれの机上のゆふべあやふし

うつかりと忘れしことを寂しむは初老のわれのいづこより来る

うつかりはサザエさんにもあつたよネ財布わすれたわが身に言ひぬ

後ろ盾ある男なぞつまらなく見えてきたれる都知事選なり

厚化粧といはれて勝ちに出る人は気持ちよけれど票は入れずも

困るほど大きくならずベランダにぼそりと生きてカネノナルキは

今日よりは八月となり退屈の孫らはいづこにゆきしか静か

庭下駄に二本の太き鼻緒ありちひさな足は履くことできず

ぐつたりと熱き空気のめぐりをる午後の東京　雨をふくみて

どの家もおほきな窓がついてゐて内が見えない新しさあり

八畳にひしめきあつて寝るといふむく鳥のやうな息子《こ》の家族《うから》らよ

老妻と押し合ひながら眠ることなんまんだぶつ夫のよろしさ

つゆぞらが過ぎれば早も秋立ちぬ計り知れなく空は恐ろし

白昼にはたらく蟻は音たてず　ゆつくり時はすぎゆきにけり

牛

うつとりと嚙みごたへある肉質は遊夢牛《いうゆめぎう》とぞ名付けられたる

われの知る牛は車を曳いてゐた頸木《くびき》を付けた大きな身体

大きくて汚い尻のかたち好し牛はあゆみき田へ行く道を

農耕にでかける牛のあとにつき学校までの道をあゆみき

大阪の近郊都市に牛の鳴く戦後をおもひ水田《みなた》をおもふ

ステーキのやはきを食べて夢のやう遊びのやうな夕餉となりぬ

麓にて草食む牛が点々と車窓に見えて通り過ぎたり

唐突におほきく鳴ける牛のこゑ心のなかをとほりてゆけり

秋

次の代の年号を知らず逝きしかな大森益雄六十七歳

乗り込めばかすかに水の匂ひせり　今朝地下鉄に秋が届きぬ

あ、すずめ向かひの庇を歩いてる四羽が一列縦に並びて

けふも雨きのふも雨の秋の日は降るだけ降つてからりとおしよ

雨傘がふはふはゆける窓の下ちひさな足が運んでをらむ

壁

「壁」作ると確かに言うたか、朝のパン抱へてわたしテレビに見入る

ポーカーの手口のやうなアメリカの大統領選　ふるへるほど怖い

すぐそこにくる怖いこと世界中に「壁」を作りていがみあふこと

枯葉ではなかつた小さな亀さんを思ひだすなりいつの日だつたか

亀さんが朝の歩道の真ん中に手押し車を押しつつ歩む

亀さんの精一杯は進むだけ隅にも寄れず急ぎもできず

通勤の時間帯なり歩道には血相かへて人らが急ぐ

駅にゆく歩道の渋滞はじまりぬ焦れたひとたち車道に出でて

ゆつくりはこんなにみんなを焦らすのか亀さんの御用おそらく大事

懸命の亀さん表情あらずして手押し車に縋れるごとし

忙しい人らをとても困らせてのろのろとゆく亀さんの大事

亀さんのとつても大事は何ならむ　誰も分からず分かる気もなし

「年取つてひとり」はみんなさうだよとうしろ姿のいふがごとしも

老若の壁をひつそり耐へながら亀さんいつしか見えなくなりぬ

「見たらあかん」もものもこの世にあつたはずいつも誰かが壊して見せる

夕ぐれを見あげて幽《かす》か光ありこのいつぽんの銀杏《いちやう》の　梢《こずゑ》

ひかり

わが知らぬ子どもばかりが遊びゐる寂しきところ幼稚園に来つ

園庭に待つママたちのまぶしさよわたしは孫を迎へに来たり

それぞれの国籍問へばちがふはず日本語あやふきどの人もママ

制止する言葉するどし共通の言葉にあらねど子ら立ち止まる

園庭にならべるうめ組その中にひとり知るかもわが孫がをり

「ママの足はやく治るといいねえ」にウンと答へて遊ぼうといふ

引越した息子の家に送らむとこの子とくぐる鉄橋の下を

鉄橋を轟きながら渡りくる地下鉄を見てなにか叫ぶも

耳寄せて聞き返せども聞こえないこの子ひとりが叫ぶやうなり

足引きてママが迎へる玄関にこの子を置きて帰りきたりぬ

堤防をのぼりて河と向かひたり今日の光を見わたすために

ああわれも独り言いふこのごろは人の気持ちが分からないから

ツイートってつぶやくことね大統領老いたるひとは独善が好き

春一番ふきゐる窓を見てをりぬ荒れゐるものと親しくならず

切れ切れに届いてきたる女児のこゑ「灯りをつけましよ」草のこゑかも

たくさんの言葉と出会ひて別れたり身近にありしひとの死と共に

青草が風になびけばおもふなりふりかへるときの沼空の肩

佇まひ沼空に似るかもしれぬ岡野氏の横にしばらく立ちしことあり

亀さんのこゑたうとう聞かず　そよ風のやうな時間を見せてくれしが

わたくしの火影のやうに立つてゐた浪漫がひとつまたひとつ消ゆ

笑みながらあふれてきたる哀しみはわが顔面にちぐはぐとなる

剪定をされてきれいなゆりのきよ小学生がその下通る

ゆりのきが坊主頭となりしこと朝に夕べに可愛くて見る

喜楽手もみ屋

ぐつと突く棹のやうにぞ肩揉まる岸を離れてわれはゆくなり

今はまだ昼前なれど薄闇の「喜楽手もみ屋」のベッドに伏しぬ

両腕のちからぶらりと抜きたれば波の上《へ》にゐるやうなひととき

肩、腰をほぐされゆけばつぎつぎと城が落ちたといふ感じせり

ぼろぼろのわが身体なり　水をのみまた水をのみ　昏睡をせり

新橋「夜光盃」にて

料理店「夜光盃」ホータンの玉《ぎよく》なる盃をかざりてをりき

あの昼は夢かもしれず笑みながら大内豊子茂吉を語りき

ドラム缶の風呂をよろこぶ茂吉なり大内豊子そを用意せり

山口茂吉とは

アララギの校正係りの茂吉なり大内豊子その妻にして

ドラム缶の風呂に入りたる間にて斎藤茂吉の下帯洗ふ

「煮しめたやうなおふんどし」締めてゐた斎藤茂吉そを知る豊子

斎藤茂吉が名付けし「大内豊子」官女のやうな名前とおもふ

未亡人大内豊子わたくしにめぐりあはせて歌をしへたり

左近川を渡って

一晩を泣きつづけたよ六歳が入院のひろき部屋に置かれて

六歳が六人部屋にひとり寝る病院の夜さぞ怖からむ

つよくなれ強くなれとぞ思ひしが強くなるには体力が要る

溶連菌感染症のひとつらし足が痛いと言うてはゐたが

なんでまあ足に来たのかこの孫のトイレに行くにだつこをしたり

だれでもいい来てほしいなら今日ひまなばあばがいこか、歩いていこか

病院の前の橋をば渡りたり　あれ今日は川底が見えかもめがあるく

橋の上のベンチに爺《ぢ》さまふたり居て川底みてる風がとほるよ

このあたりよき釣り場とぞ聞きゐしが水のもどれば釣りする人か

水が川に戻つてくるのはすぐだらう水門が開《あ》き荒川が見ゆ

左近川は荒川にそそぎ荒川は東京湾にそそいでゆけり

一遍にいろいろなこと言つたつてばあばはだめよゆつくりお言ひ

窓からはとほく見えるよ京葉線　あ、武蔵野線が通つたといふ

見わけるのは頭の上だよ「電車の？」あたまのとこがでこぼこなんだ

わたしには分からないけど京葉線と武蔵野線の電車はちがふ

鉄塔も水処理場も見えてゐてとほくゆきかふ電車みてをり

この春に一年生になつたでせう　なつたばかりの欠席の椅子

パパとママが来た来た来たよ夕はやく息子が妻とさはさはと来る

「ぢいぢ来たみんな来たよね」灯がついて大きな部屋ももうこはくない

幽霊のお友達なるばあばにてふはふはとせるものいひをせり

暮れたからぢいぢとばあばは帰りませうあの木の下にバス停がある

切ないね特に子どもの入院は川に向かつて言ふにあらねど

こんなにも明るい陽射しが降る川辺どの樹もびつしり葉をたくはへて

四日目の一時退院きつちりと治してみますとママがつぶやく

ばあばがサ見たふはふはは?天井に居たものかねえわからないねえ

自らのおよぼす力のすくなきを解放といひ無力ともおもふ

蜆《しじみ》橋・かもめ橋・中左近橋　少し反りたり人とほるとき

愛

春の日の愛隣地区のをぢさんにあたま撫でられたことあるわたし

わたくしの六十代は来春にあなたはことしの秋に過ぎゆく

やはらかき愛かもしれず沈みゆく陽を見てをりぬ肩を並べて

遊びつつ　一抜けたのはだれだつけ夕暮れは友の顔が見えない

会場から抜けてゆくこと快感なりさうしてみんなゐなくなるのか

荒川河口橋

荒川の河口の橋を渡りゆくあなたとわたし秋陽の中を

退院したあなたが来てゐた河口橋こんなに高い橋だつたのか

あの頃のわたしはひどく乱れゐきあなたの命を取り戻すため

あれからもう二十余年が過ぎたから橋の傾斜はゆつくりのぼる

台風のあとの陽ざしに打たれつつ流れのはやき川を見おろす

時間などもう分からずに待つてゐたあなたの手術がただ終るのを

病名は二十余年をわが言へず義兄《あに》を奪ひし肺癌なりき

姉を嘆きわたしを嘆き中年とはかくも嘆きの多かりしころ

河口橋　術後の人を歩ませて生き生きとせる魚《うを》を見せしか

歩行者は高速道路の脇をゆくしゆんと過ぎたる車は見えず

あをぞらは高い橋よりまだ高い　スカイツリーがすつきり見えて

関東の平野にはるかつづきたる線路恋しも電車がゆけり

初めての北陸新幹線に乗るこころわがことながら初々しもよ

自らを喜ばせるとふ大切を忘れてをりき　忘れしをわすれて

運転の免許更新わが姉は成績よくてうらうらとせり

認知症テストの結果が特に良し、それが嬉しいラインがとどく

歌ふやうに大阪弁をつかひゐる姉の独居もながくなりたり

東京のビルの軍団ひしめきておそろしきほど陽はうつくしき

病名はわたしにふかく残りたりいつも怖かつたあなたの身体《からだ》

些事なれど些事にはあらず朝々を作つて冷やす麦茶二リットル

高速に車がゆけば揺るるなり橋は生まれて二十余歳

目まひではないと自分に言ひきかせおそるおそるに歩む可笑しさ

人生の盛りに死すと義妹《いもうと》の四十歳《しじふ》　長兄《あに》六十歳《ろくじふ》をおもふなり

中年の頃は思はず七十歳《ななじふ》がどういふ身体であるのかなどと

呼び捨てに「はるみ」といふは姉だけにいつしかなりき　まだ姉がゐる

青空は怖いものなり裕子さん、命の減つた今ならわかる

東京のそら今日は怖いとおもふなりきれいな青空ひろがつてゐて

河口橋わたり終へればここはもう過去の埋め立て　夢の島なり

しばらくは林がつづき点々とこぼれゐる陽をわが踏みゆけり

赤きかぼちゃ

あたらしき銀座シックス赤白の水玉かぼちゃがぶら下がりたり

欲うすくなりたるわれを疲れさすぎらぎらの才も焦りの才も

変な人いろいろをりておもしろし　草間彌生もへんな人なり

欲望の塊りともピュアとも見え草間彌生の赤きかぼちやは

天才は凡才をきらひ　凡才は天才をきらふ　凡才が好き

半分のかぼちやとわれは格闘す煮たり焼いたりして食《た》べたり

高齢にあらぬエネルギー発したる草間彌生をわれは愛さず

三階まで狭い階段のぼりゐる「未来」発行所ちから要るべし

外は雨、大雨だつたその景をおもひだしつつ地下鉄に乗る

歌会が少人数であつたことなにか嬉しも良きひとに会ふ

丘の陽に照らされてゐたポプラのやう戦後の民主主義に染まりき

子ども

上野なる動物園に子パンダは名をつけられてシャンシャンといふ

体長を測らるる時まろまりて子パンダしばし動かずをりぬ

年二億と聞いたやうなる賃貸料わすれてわたし子パンダが好き

それよりも二年を経たら返還の子パンダシャンシャン政治の子ども

ひとの世にひとりでママが育ててる女の子ゐて歌会にくる

ママの横にちよこんと坐り折々をあそびのやうに歌評聞いてる

五歳だがきれいな字を書くあきちやんに「すき」と書かれて嬉しよわれは

そよ風がときに吹くやう歌会に子どもの気配ある部屋のなか

富岡八幡宮界隈

鳥居から朱の神宮が見えてをり陽のきららなる正午となりて

正殿にまむかひながら背を正しひとりひとりが頭《づ》をさげてゆく

境内をまはりてゆけばそのむかう「横綱の碑」あり高々として

ひとり来てなにかを思ひ帰りゆくさういふ場所がわたしにもある

立つよりのほかの選択できずあり碑に挟まれたやうな立ち位置

ちかぢかと見あげてうれし歴代の横綱の名が刻まれてをり

初代なる横綱　明石志賀之助　寛永元年と彫られてありき

寛永の世は想像もできぬまま彫られし文字を見つめてゐたり

実在の力士かどうかは余地あらむ身長二メートル五十とぞ

あたらしき稀勢の里の名よろしくも七十二代と彫られたりけり

大関であつたらの「たら」は許されず無理を重ねてまた無理をせり

「日本出身横綱」などと造語され国を負はさる稀勢の里はも

七十代日馬富士《はるまふじ》なりモンゴルの駿馬のやうな力士にありき

さらはれてしまつたやうなここちせり九州場所より日馬富士をらず

日馬富士かへすがへすも惜しきかな納得のいく引退をせず

氷壁のやうな日本の相撲道モンゴルのひと白鵬に課す

国籍を背負ふことなど要らざるがあな苦しめりどの横綱も

わたしから最もとほい存在がこの世にありて胸とどろかす

大石のかさなる影がそれぞれの横綱の名を覆ひてゆけり

八幡堀遊歩道

深川におほく掛かりし橋の名のいまなきひとつ白魚橋《しらうをばし》は

鳴きかはす雀のこゑがはげしくて茂みの中を覗いてみるも

殺人のありし富岡八幡宮この暮れなれば記憶あたらし

この道をひた走りしか追ふひとも追はるるひとも今は亡きなり

うつくしき洋館がありおとうとが姉を切りしは階段のうへ

このあたり水神さまの 社《やしろ》 ありちひさき音は水が鳴るなり

みごとなる鯉が飼はれてゐるといふ神社の池は冬囲ひせり

「錦鯉寄付者名簿」のたてふだに白鵬・稀勢の里の名があり

忌まはしい記憶は記憶　年あけてふたたび人らあゆみはじめき

よき水のながれてゆくは激《たぎ》ちゐる現《うつつ》のひとを鎮めてやまず

大阪

「あほやなあこの子は」なんて死ぬまでにもう一度だけ言はれてみたい

父母《ちちはは》が若くおはした頃かしら「あほぼん」がゐた大阪の町

信さんのほんまの母はだれやろか　ささやかれても子は分からない

大阪の家から出ようといふ思ひ　ある日信さんに萌したはずで

信さんのとつくにゐない大阪にわが姉はいふ「あかるい雪や」

銀の春

七十を過ぎたるころの、色彩でいへば銀《しろがね》と今なら言へる（岡井隆『鉄の蜜蜂』）

七十歳《ななじふ》は 銀《しろがね》 なのか東京にふかぶか積もる雪をみてをり

七十の新婚だつた岡井さんを知らんふりして見てゐしわれら

息をのむ展開だつたが先生の幸福なればいふことはなし

都民は七十歳から都バス無料のシルバーパスあり

あしたからシルバーパスの資格あり取得手続きしみじみと読む

じんわりと老いるからだに慣れてゆくこの温《ぬく》とさをなんと言ふべき

次は出て今はひつこむ　これがねえ上手くゆかなくなることがある

これの夜を苦しみをらむ若きひと　手の打ちやうもない時あるよ

手をださず見てゐるだけも辛いけど　今は辛抱なにかが動く

老優はものを語らず夜の更けをただ座りをり　ドラマのなかに

三月生まれ

過ぎ去つてみれば短くそれなりに六十代は力が要りき

家族《うから》らが入れ代はりたる六十代黄金色《わうごんいろ》の時かもしれず

友の持つシルバーパスがほしかつたいづこへゆくも都バスであれば

乗りかへてどこまでも行く気持ちなりどこまでもなど行けないわれが

味の素ホイコーローのソースなりがんばる香りキッチンにせり

味覚糖「ぷっちょグミ」ありぷよぷよの「ぷっちょ」の音《おん》を子らはよろこぶ

のどあめの龍角散と味覚糖　離婚のやうに提携を解く

みつちゃんが生まれた

みつちゃん　みがつくみんなのみかんみなで見てたらみなまつ黄色

三月は七十代の一年生さつそくに傘置き忘れたり

行く先をふつとちがへて歩き出すこのへんてこに慣れてもゆかむ

不愉快が尾を引くなんてわたくしにあらうことかもぐんぐん歩く

三月に初夏のやうなる陽の強さ日替はりにくるこの天気はも

「まだやのに　きふにあつうて満開になつてしもてん」はにかむ桜

あつといふ間ではないけれどたくさんが散つていつたよさくらの花が

すぎさればあつといふ間と思ふなり戦後であつた長い時間も

門前仲町の縁日

一日、十五日、二十八日は縁日

一日《ついたち》の門前仲町にぎやかに露店がひらき人あゆみゐる

ドドンドとお不動さんの太鼓鳴りこのリズムには嵌つてしまふ

強烈なパワーのあらむお焚き上げ太鼓の音に縛されながら

古《いにしへ》の人らが列をなすごとしふらりぞろぞろ露店の前を

洋服の古きをならべ売つてゐるメルカリとちがひ現物にして

大いなる赤き指輪がぎらりとす手に取る人を見据ゑるごとし

この和服をんなのひとが脱ぐときの生々しさがあり柄がある

立ち止まり見てゐる鞄がつしりとあやふい国を巡りしやうな

小野先生

平成の世の終るころ家庭医の小野先生はみまかりたまふ

小学生だつた息子だが

白衣着て北診療所の前に立ちわが孫たちに手を振りくれき

夕光の中に立ちゐし老医師に樟の葉つぱがはらと掛かりき

先生も婦長さんも手をふつてわれら笑つて遠ざかりたり

この町のひとりまたひとり家籠る老後といへる時が来てをり

働きの盛りと言はれて面構へすごき人たち駅にむかひき

この一所　懸命にして守りきし人らの傍《そば》に家庭医ありき

歳月と時間

バスにのり永代橋を渡りをりうねりつつゆく夏の大川

舅姑《ちちはは》が入船町にゐしころのこぼれし記憶を拾ひにゆかむ

大川に日本橋川入るところ豊海橋あり　いま工事中

夜な夜なを読めばこころに掛かりたる『御宿かわせみ』豊海橋はも

「永代橋」バス停ありてぎらぎらのひかりを反す橋のたもとに

自動車はもうない

「この通り何百回も通つたよ」夫がいへども初めてあるく

晩年の舅《ちち》がなにゆゑ見てゐしか日本橋川水門のあたり

川と川交はるところ置かれゐる水門とふはなにか懐かし

東京都中央区なる中央は銀座あたりかこの辺でなし

もうゐない人がひとりふたりと顕ちてくる入船町はまだ先だけど

隅田川、日本橋川、亀島川に囲まれた地が新川、霊岸島ともいふ

義妹《いもうと》とおもふ影あり高橋《たかばし》を薄あかりして渡りてゆくは

まなうらの霊岸島に現れたうつくしき野を見てゐてわれは

新川にとんかつ「よしの」の暖簾あり健在なりとおもへば嬉し

小さなる空き地があれば看板を草がおほひて陽がなだれこむ

鉄砲《てっぽう》洲《ず》神社《じんじゃ》はすこし古びしか否かとおもひやはり古びき

街なかの八丁堀に堀あらずホースで水のあそびをする子

あたらしい小学校が建つてゐて子どもの数は増えてゐるやう

ふところの小さな臓が鳴り出した半世紀前がほらもうそこよ

銀座には一番近い自動車屋　だれがいふともなし舅《ちち》の店

うら若き男の声は飛びかひて宮城育ちも千葉育ちもをり

昭和二十二年変更

「むかしはね京橋区だよ」舅《ちち》のいふむかしは夫の生まれしころか

小さなるビルを見あげるわれらなりこの町の人ひとりも知らず

たたずみて夫はゐるなり過ぎ去つた時間がぬつと現るる場所に

「時間」にはこまごま記憶がたたまれてどのひとつにも悔いが添ふなり

五階まで食《じき》の店なり二階にはフランス料理屋　こんど行かうよ

「歳月」はなにも裁かずゆきたれば　なるやうになりならぬものあり

新大橋通り

ものすごき陽ざしを浴びるこの通り新車がきらり多しとおもふ

この地にも歳月にもあるつぶらな目あなつくづくと見られてわれら

わが命ながきが中にうねりありうねる流れのなかにゐるかも

江戸川区

江東区から江戸川区を眺めたりかがやく秋の河をはさんで

荒川を高速道路がうねりをりあれをはしれば筑波にゆける

ここからは海まで二キロひろびろと湛《たた》へる水はうごくと見えず

対岸の高層群はわが住める町かもながく海までつづく

閘門《かふもん》はきゆろきゆろ鳴りて下りてくる人工といふ迫力もちて

水を入れ閉まる門ありややすれば開ける門あり舟が出てゆく

幕末をわれは想へり門を出て帰らぬままになりし若武者

さざ波のやうに会うては遠ざかるランナーたちも釣り人たちも

九州場所ちかくなりたりいづくにも力士のをらぬ小岩をあるく

水入りにざんばら髪を束ねたる栃錦　ああ今も浮かぶよ

稀勢の里の部屋の傍《そば》かな横綱とか頑張れなどと書かれた町は

高安も大関となりはなやげる花屋の前を通り過ぎたり

埋めたてのあたらしき町ふるき町入り混じりたる区政のあはれ

時間の中

「イエスタデイ・ワンスモア」なる歌声が朝のテレビにながれて来たり

この朝のカーペンターズの歌声に遠い時間がゆらりと立つて

透きとほるカーペンターズの歌声の中を走つた日産サニー

過ぎ去つた時間の中にふかぶかとゐることにしよう今朝のわたくし

老年をさびしいものとおもふひと解放されたと思ふ人ゐて

草はら

束縛のなき一日はみづからをほどいてをりぬ陽に干さむため

このまんま眠つてゐたらいつまでも眠つてゐるよ、春がちかいよ

きさらぎの古女房は考へる　このごろ?·さうね雀がゐない

ひとりだけインフルエンザを免れた孫が来るなりわれらの家に

小夜ふけて隣にねむる孫むすめいたくきれいになりにけるかも

皇后がみづからばあばと呼びし文　ことばはあはれよきにほひせり

剛力

土嚢ひとつふたつと積んでゆくやうな夫の術前といふ日をすごす

ゆふぐれは雨が少々ふりにけり令和元年五月一日

なつちやんの父健さん

なつちやんの生まれる前から友人でわれらの孫の祖父を失ふ

をさな子がわらと集まり遊びをりみんなに会へたお通夜の部屋で

ながあめを連雨《れんう》と言へばうつくしく草叢のなか水ひかりをり

さびしさの渦まくこころに耐へるには剛力《がうりき》が要る、さう剛力が

手術後の傷を持ちつつ歩むひとその真うしろをわたしはゆけり

ことりと

からだからある日ことりと音がせりさびしさの芯がぬけてしまうた

地下鉄に乗れば水中ゆく気配ごぽッごぽッと噎せたるわれは

ほがらかに「とんちんかんだねばあばつて」さうあなた達とは頓珍漢

「少女つてとてもさびしい」とは言はぬ青葉の風に巻かれておいで

早朝の大江戸線に乗りながら術後の夫にわが会ひにゆく

牡丹《ぼうたん》が散つてゐるのね　しんしんと睡つたままの電車の中で

ゆふぐれの駅を降りれば欅《けやき》見ゆこんなきれいな帰宅あつたか

汗

七十歳《ななじふ》のからだは汗をかかなくてどこかが常に冷えてゐるなり

からだより冷える心が怖いから…運動会に行つてみようか

張りつめてリレーに入場する孫を見ればヘンだよからだが浮くよ

バトンわたす直前抜いた　かな？否か、否かさうかも汗どつと出る

歓声を上げるばあばはわたしなり河口の近き空の下にて

つれづれ

秋の日はとほくのひとがひそひそと近づきてくるこの世のわれに

薬師寺の回廊のやうに見えてゐるとほい廊下をわたりゆく人

面長に鼻筋通り切れ長の大きな瞳がつとこちらむく

大正六年生まれ

遠いとほい廊下をすぎてゆくのは茄子紺を着し山田五十鈴か

あのころのきれいな女の人なりき色白・なで肩・胴長などの

映画を見た記憶はあれど作品は知らずただ茫々とうつくしき人

吹く風がわたしの記憶にささやきぬ「鬼平犯科帳でみたねえ」

鬼平の「むかしの女」のおろくなり山田五十鈴の七十六歳

しつぽりと濡れてるやうなひとなりき髪も衣装も崩して立ちぬ

三味線をチリンと弾けば自づから鳴り出づるやう涼しき音す

吉右衛門四十七歳まことよろしく山田五十鈴はすこし大きし

あのころの文庫本にて読み進む『鬼平犯科帳』二十四巻

あのころか次の巻買ふよろこびと同じ巻買ふ嘆きはじまる

思ひ立って

五の橋のしやも鍋屋とふ設定は亀戸にゆくバスに乗らせる

荒川をわたり砂町をゆくバスがだんだん混みて年寄り多し

五の橋のそば屋に雨の中をゆく暇人なるをわれはよろこぶ

秋の雨ふりてしづかな五の橋やお江戸の汁《つゆ》は変はらずに濃し

山田五十鈴亡くて六年テレビなる再放送に今も見るなり

嵯峨三智子とふ子がありて早逝のすごみを帯びた女優にありき

母子なる女優にうごめくものありき何かは知らず男狂はす

平成もすぎゆく今は減るばかり昭和の芸のうつくしきひと

初の子年の孫

晩秋の雨に打たるる紅葉が車窓に見えて離《さか》りてゆけり

総武線東中野の駅に降りちよつと探しぬ岡井隆を

探しても駅にはゐない岡井さん発行所までふりかへりゆく

二年前

このビルの傾斜のすごき階段を九十歳が上りてゆきぬ

月々を発行所まで通ひしは責任感とぞ、おこなふ難し

寂しきや午後の時間がたちまちに会議となれば黙して座る

岡井さんの新作七首が届いたところゑが届きぬ弾めるこゑに

二年前の約束七首　状況と戦ふ岡井さんの激しさ

寝る前に「もうしんどい」とわが言はぬしんどいはまだ少し先だよ

夢のなか漂ふやうな傘がゆき晩秋を過ぎ初冬となりぬ

この町は荒川のほとり水没の地図の範囲を逸《そ》れてはゐない

警報がたくさん鳴つたわが町は避難場所なりいづこへゆかむ

この町に機能してゐるさまざまは台風が来て分かることあり

冬空がかんとかがやき夫の上「まだ働くかい、もういいのかい」

遠き日のこのマンションは妻たちがしづかにまもる空間だつたよ

あのひともひとり暮らしとなりにしかその途上にてわたしたちゐる

この人はけさ見かけたり店頭に幾度もまよひ買はず去りたり

女《め》の孫が数学解いてゐたる間をぼんやり何をしてゐしわれや

暮れゆくが早き空なり見てをれば夕支度にも遅れてをりぬ

歩くことしつかりしたる子に追はれ　ばあばのわれはぐるぐる周る

一歳の男《を》の子《こ》の知恵に分けられる　あまえたい姉あそびたい兄

あおちゃんは初の子年《ねどし》を迎へたりわれは六度目、絶対抜けず

なはとびもかけつこも疾《と》く抜かれたり抜かれぬ干支《えと》はなかなかよろし

同じ干支は同じ年とは違ふなり説明せむとすれば　ややこし

いつしかも四人となれる孫たちが一度に言へば訳が分からず

何かかう顔いろ変へて肉を焼くわれと思へりどんどんお食べ

うどん

一歳の食欲盛ん　手づかみでひとりで食べるうどんが美味い

ちゆるッと呑むうどんの長さを考へて三センチほどに切り分くわれは

なんだかなあ時間つてものを考へた　いつぽんのうどん一瞬になし

もう少し嚙み嚙みをして呑みこむのそれはまだ無理みつちやんの歯は

ながいこと嚙み嚙みをして納得す過ぎたるわれの失意なんぞも

生《あ》れてからまだ一年と思つてもゐないやうなる食欲のひと

口中にするするするするよろこびをもたらすうどん　うどんは偉い

マスク売場

スーパーのマスク売場に遭遇す「ダメえ」の声もつまづく音も

わたしにはこれが最初の異変なりコロナウイルス東京に来た

いま何が起こつてゐるのか分からない不安のなかに立ちつくすなり

この辺りは中国の人が多い
突然に中国語となりまつすぐにマスクの箱に向かつてゆきたり

薬剤師が捌く売場であるらしいもみ合ふ人に分け入りてゆく

薬剤師わかき女性にありたればちから勝りてむしり取る箱

あちらでは突き飛ばされた人が今マスクひと箱かかげてをりぬ

大勢がマスク取りあふその中を忘れられたるひと箱手にす

志村けん

学校はずつとお休み　夕方の公園にだあれ必ずあそぶ子

開花から十日経つたが徐々徐々にひらいてをりぬ今年のさくら

てつぺんに花がなくつて歳かねえ　朝てつぺんまで満開のさくら

志村けんコロナにかかり死にしかばあまねく照らすその恐ろしさ

華やかなコロナと思ふかろがろと人から人へうつつてゆけば

相撲とコロナ

そのむかし大きな地球にありにしがいまどの国もコロナがこはい

二〇二〇年五月場所中止まで

朝乃山大関となり観たいなあ大言壮語吐いてごらんよ

あ、と思へば相撲部屋にも感染者出てあやふきは五月場所なり

五月場所とりやめとなりまつくろな五月の陽を見るわたしのこころ

勝武士《しようぶし》といふ四股名なる二十八歳《にじふはち》コロナに罹り死んでしまひぬ

清澄の髙田川部屋なにならむ親方さへも罹りしコロナ

引退相撲で見た剽軽な初切り

初切《しょっき》りをしてゐたといふ勝武士をおもへば一生《ひとよ》笑ひはありき

身長は一六五センチの小兵とふ十五歳より角界にゐき

相撲つて裸で濃厚接触のスポーツなれど歴史は深い

勝武士を死なせしコロナ大嫌ひ　言へども言へども切なかりけり

二〇二〇年初場所の頃

じ日目の向かう正面升席に酒を酌みつつ「炎鵬」と叫びき

初めての相撲見物する孫をノリノリになるまで焚きつけて

平幕の徳勝龍が初優勝それはめでたく場所終へにけり

その後の報道で

チャンネルを変へても変へても出て来るよコロナウイルス、すは炎上か

いやらしい感染力のコロナなり老いには強く若きに弱い、か

明日から春休みの終るまで学校休み　その後も休み

二〇二〇年春場所は無観客相撲

たのしみの減つてしまひし世にひとつ点れるものか力士のちから

照明が明るくなつてがらんどう幕内力士の土俵入りだよ

静寂の中をするどし横綱が 柏手《かしはで》うてば四股《しこ》踏みたれば

たかだかと呼び出しのこゑ伸びてゆく畑のやうな体育館に

声援のひとつもあらず勝ち力士よろこぶ拍手ひとつもあらず

春の月ゆつくりのぼる取組をひと日終へたる力士のうへに

大関を狙ふ場所とぞ朝乃山上手を取つて寄れば万全

白鵬が優勝

いち日を、またいち日を終へてゆく乱るる日もありし横綱

観客のなき寂しさはそれとして千秋楽にて大拍手せり

二〇二〇年五月

初夏なれどマスクの人よ　どのひともマスクの人よ　どのひともひとり

すれちがふ人はやや頭《づ》を下げくれぬ折れ合ひながら生きてぞゆかむ

あとがき

亀さんは、この町で時折見かけた人です。老人の手押し車にすがるように歩いていました。手押し車にはきれいな花を挿していました。わたしは心の中で「亀さん」と呼びました。童話の「うさぎと亀」や「浦島太郎の亀」など異界のなつかしい亀さんを重ねていました。

東京の東部にあるこの町はたくさんのマンションが建ち並んでいて、たくさんの木や花を植えています。ある日、私がくすのきを見あげていたら、いつの間にか横にいらして、ふたりで見上げていたことがあります。その短い時間、亀さんの微かな風のような雰囲気にわたしは包まれていたような気がするのです。話しかけない、気にしない、ふわりとした在りようでした。そんな空気感はどこから湧いてきたのでしょう。

それ以来、老年にはきっと不可思議な時間があると、わたしは思ったのでした。いそがしい人々が求める幸・不幸の時間ではなく、みんなさらさらと流れてゆくような時間があるのかもしれない。気持ちのいいゆたかな時間だよと、亀さんはくすのきを見上げながら教えてくださったのだろうと思っています。

不可思議な時間を見せてくれた亀さんをもう何年も見ていません。

『亀さんゐない』を歌集名としたのは、コロナの出現が影響したかもしれません。くすのきの下でみたような時間がこれからの私たちにもあると思うのは難しいことかもしれないと思ったのです。そして私はいまも亀さんが恋しいのです。

この歌集は二〇一五年から二〇二〇年の作品です。これまで岡井隆先生の三十年を越えるお導きに感謝いたします。

「短歌研究」で三十首連載の機会をいただき、またこの歌集も大変お世話になりました。厚くお礼を申し上げます。

装幀は花山周子さんにお世話になりました。ありがとうございました。

「ぼちぼちいこか」（ゆっくり行こうか）と私は今日も歩いてゆきます。

ここまで書いてきた七月十日夜、岡井隆先生の訃報が届きました。この歌集を謹んで岡井隆先生の御霊に捧げます。

二〇二〇年七月

池田はるみ

検印
省略

令和二年九月三日　印刷発行

歌集　亀《かめ》さんゐない

定価　本体三〇〇〇円（税別）

著　者　池《いけ》田《だ》はるみ

発行者　國兼秀二

発行所　短歌研究社

郵便番号一一二―〇〇一三
東京都文京区音羽一―一七―一四　音羽YKビル
電話〇三（三九四四）四八二二・四八三三
振替〇〇一九〇―九―二四三七五番

印刷者　豊国印刷
製本者　牧製本

ISBN 978-4-86272-647-6 C0092 ¥3000E